Primera edición: 1997

Premio *A la orilla del viento* 1996
I Concurso Libro Ilustrado

Coordinador de la colección: Daniel Goldin
Diseño: Joaquín Sierra

D. R. © 1997, Fondo de Cultura Económica
Carr. Picacho Ajusco 227; México, 14200, D. F.

ISBN 968-16-5212-6

Impreso en Colombia. Tiraje 10 000 ejemplares

La señora regañona

ilustraciones de Domi
texto de Susana Sanromán

LOS ESPECIALES DE
A la orilla del viento
FONDO DE CULTURA ECONÓMICA
MÉXICO

que ella era una señora regañona,

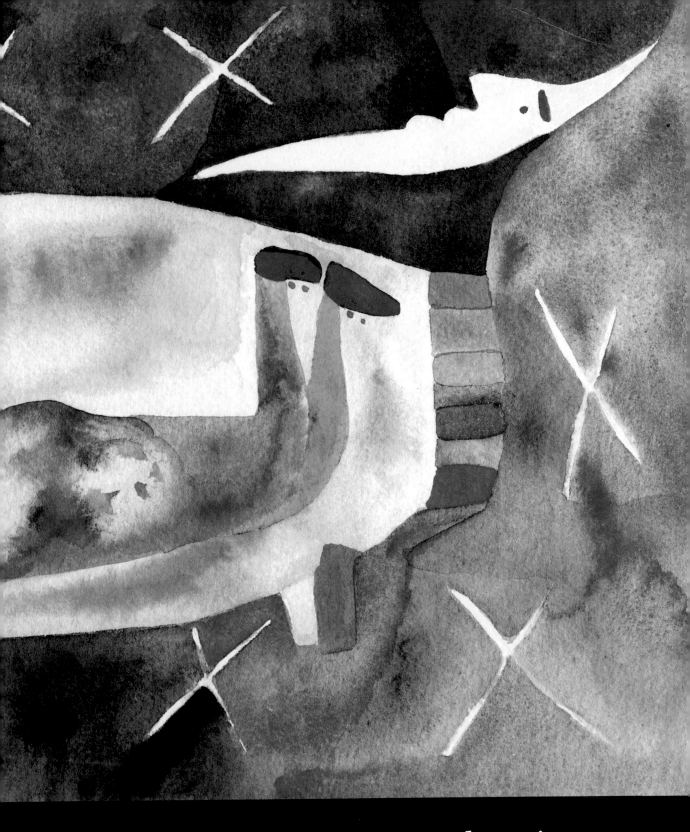

metía bajo las cobijas una lucecita.

Creía que mientras la luz estuviera encendid

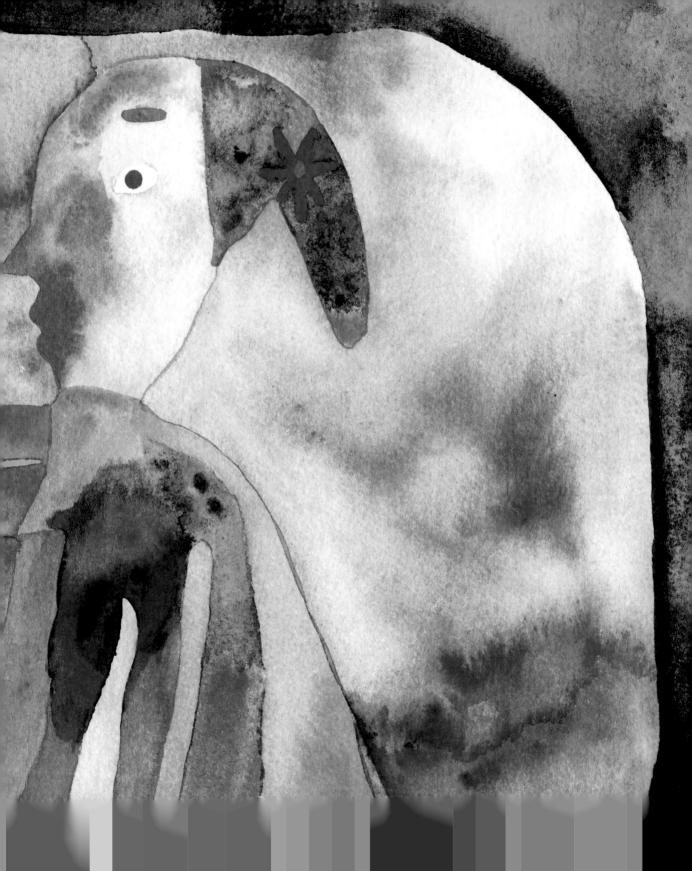

ni entraría a mi cuarto por el resplandor

que mi cama desprendía.

Me quedaba despierta pensando

qué decirle a esa señora tan oscura.

tan grande, tan asustona y regañona,

hasta que soñando

es una gran compañera de aventuras.

La señora regañona
se terminó de imprimir en los talleres
de Panamericana, Formas e Impresos, S. A.
en Santafé de Bogotá, D. C.
El tiraje fue de 10 000 ejemplares.